U0065778

那個我寫下的「我」，真是我嗎？

我認識「妳／你」嗎？

作者也虛構自身嗎？

作家會屬進角色創造的世界嗎？

「散文詩」是什麼？什麼是「我」的文體？

如何在經驗與虛構間的臨界求活？並創造什麼？

#虛構

#實存

#異名

#散文詩

#現實的虛妄

#真實的幻見

#所有的相遇都是久別重逢

我已經是我已經是的樣子。

日常。

我入戲於這個角色，

一個綿延、尚未揭露意圖的劇本。

徐明瀚

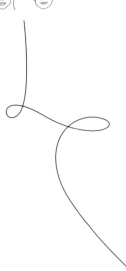

黃以曦

一、作家對自身的虛構

妳和我，已經認識超過十年了，但從來我都不覺得我是認識妳的，身為妳的讀者、朋友和編輯，都是如此，而我也正珍惜著這層陌生。起初，我只是妳的讀者，在那個沒有社交媒體、沒有點擊按讚的世界裡，閱讀是一個沒有痕跡的行為，即便讀到妳寫的某些文字時而幾經震顫，因為妳寫出某種生而為人存在於世的追問，我也曾經這樣想過，是妳寫了出來，寫作的妳，不知道我的存在。後來，因緣際會，我們成為了會相互交流好的文學與電影作品的朋友，乃至於近幾年我陸續為妳編了「黃以曦」所寫的兩本專書，妳應當讓我知道妳寫的更多作品，而我似乎應該要更知道妳的所思所想，但其結果往往皆正好相反，我不知道其他也正在寫作的妳的存在，我並不盡然是認識妳的。

當我還在編妳的第一本書之時，妳已躲在下一本書中跟我在工作上應對，等到下一本書出來時，我才知道早在當時妳的思考引擎已然轉變，而就像是妳用了黃以曦評論了黃以曦的新書，我便很好奇，前面引言的這位黃以曦是誰在說話？更有甚者，因為這幾年往來多了，我逐漸卻也每次都要驚訝地理解到：妳並非是個僅用一個名字行筆於世的人，實際情況是，妳有很多筆名，我甚至曾看過妳用別的名字寫的文章，而我卻有所不察，正如大多的人，則是將這些不同文章所署的名字，理解為不同的作者，只待百年過後，可能有某一個用心感受、觀察入微的讀者，他可能會在不署妳名字的文章上看到類似的脈搏，於是發覺是妳。

一八八八年出生於里斯本的葡萄牙現代詩人費爾南多．佩索亞就有過八十多個筆名，至今還在增加當中；前幾年還有人從他的老宅牆壁中挖出了他以筆名寫成的里斯本旅遊導覽書，更不用說他那本大名鼎鼎的散文詩集《惶然錄》（另譯為《不安之書》）署名的作者原是伯納多．索亞雷斯，而為這本書寫序的人才是佩索亞本人。佩索亞在文學史上被世人稱為「**異名者**」（Heteronyms）的代表，為什麼創作者需要多重人格？不能僅僅就在故事中創造角色就好嗎？為什麼虛構作者自身的身分是必要的？

如果說佩索亞虛構出筆名，是為了區隔他的工商服務文章與他的文學作品，這可以理解，但為何他又需要虛構出八十多個筆名呢？我們也可以理解，周樹人（魯迅或他其他近兩百個筆名）或許多左翼文人在中國利用筆名來說真話，巴赫汀以他朋友之名取了許多筆名（如梅德維傑夫、沃洛希諾夫和卡納耶夫）來寫一些來完善或否認自己的文學論述，皆或許是因為某種政治高壓的時局或是同仁刊物匿名的需要。彷彿如果一個筆名在現世被人發現，那就失去的筆名的意義了。筆名，勢必伴隨著自我真實身分的消隱而來，創作這件事，似乎事不盡然在己，只要作家說得出真話、人們聽得到真話即可。

但若只是如此這般虛構作者，就失卻了面對自身作品的層次，而羅蘭．巴特用羅蘭・巴特的方法來談論自己，是以自身之道還治自身，是一種解構也是一種試煉，只為更真實地呈現自我；安伯托・艾可作為一個博學家，也發明了一個虛構的作者米洛・湯斯華，並在《玫瑰的名字》中引用他的句子來試著介紹自己的作品，或是虛構出一個艾可式的文章，把自己最刻板印象的部分給帶出來檢視，反而更了解了自己創作的弱點。那「黃以曦」面對的現下時局和自我位置呢？妳覺得作者虛構自身的必要性在哪裡，是否正因作者引退了，或是作者被重新架構了，作品才能呈現出某種更為真實的真實？話還沒說到底，但從來，我都不覺得我是認識妳的，而我也正珍惜著這層陌生。

5

明瀚，你提到了「**為什麼創作者需要多重人格？不能僅僅就在故事中創造角色就好嗎？為什麼虛構作者自身的身分是必要的？**」是啊，為什麼呢？

對我來說，另一個名字的必須，是個又急又暴力的直覺。那是在我寫影評好幾年後，從某一天起，我給自己取了一個沒什麼來由的筆名，僅僅是急著「有個別的名字」。在兩個名字之間，毫無過渡。得斷然變成另一個人。很快地，我發現，好不容易累積的一些寫作成績，隨改名而消失了。我被當成一個新人。當時我很懊惱，也想過若別改名、讓從一開始寫作的成果得以累積，我的事業會不會有所不同？

但這揣想，跟掛念著當年若由哪個際遇有了別的投向，人生會否有所不同，等等想像，同樣不切實際。事實是，我已經是我已經是的樣子。事實是，若真曾岔開往別的哪裡走，終會繞回來。事實是，就像你提到的，在那之後，我一邊懊惱，卻一邊繼續起了一個又一個名字。像諜報電影裡那些全新與最新的身分。與其說是前往哪裡，不如說在逃離什麼。

那麼，為什麼呢？在閱讀與寫作的入戲底，我感覺到，創作者是「**某個、單一一個**」什麼。像在黑暗中，做二十次筆記，偌大的白紙，上頭的二十行字，全疊在一起，連歪斜或太重的墨，都重疊著。紙張餘下的空白，好笑地看著，像是見證一個靈魂的無數次重來，終究被鎖在哪個特定的色暈。

慢慢地，我接受了這樣的悖論：創作者，以其無止的發動，以其一輩子關於自我重複、不再進步的恐懼，最後會收得的，竟是單一一個確鑿的什麼。我們退出萬物的流動不居，從某瞬間，貫穿到永恆，是為了，把某個、就是這一個，靈魂所能觸及的圖景，凍結下來。

憑空起個名字，讓自己在晃蕩的現實中，成為一個無論鮮明或黯淡的角色。憑空再起個名字，當現實與虛構的界線鬆動，在那些蕩漾明滅的情節染上之前，跳進下個真空。可如今，我竟不懂佩索亞為何會要取到八十幾個筆名了。因為，在這套邏輯操作了十幾年後，本名、這個或那個筆名，它們所在、所打開的世界，我已一概感到疏淡。再回到那個變與不變的辯證。藉由令定一個名字、以獲得某概念上自成一格的實體，由此去抵禦或捍衛哪個流動，已無法是我的執著。我不再需要名字，就不再需要擺脫名字。整個命運的廓線，一整落跨出情節、概念與情感的決絕連結，圍出的，已是「**我**」。

那些仍瀰漫著的軟黏回憶，痛與挫折，那些我一筆一筆投射勾勒的宇宙、我錘打與鍛造成形的裝置、風景或僅僅是些流淌的念頭……，我曾那麼精心地要讓它們嵌進專屬的身分。但此刻，它們於「我」，同樣近，同樣遠。只要再次入戲，就永遠那麼親密，而切換成抽離看到的中性陳列，則那每一個，又全是陌異的。就這樣，超越了日常的水流，永遠的變與不變。

作家是從角色中獲得經驗，
而非作家賦予角色經驗。

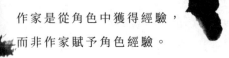

二、故事中主角的實存

以曦，經妳一說，我似乎可以更適應於這樣稱呼妳了，因為即便這個名字，或是另一個名字，都不盡然能代表妳，除非，那是妳認定的「我」在說話，才足夠以虛構之名，從現實的圍剿中脫身，仍能安放自身在變與不變的微細平衡中，而我也還認得這樣的妳。

「**如果玫瑰不再是玫瑰，它是否一樣芬芳？**」唯名論的問題常常使得實存的層面消失無蹤，但一個作家的實際存在，究竟是在哪種意義上真實活過呢？作家以本名本尊活過、成名過即可？或是，作家筆下的人物牢牢地活在讀者心中，於是作家也因此被記住？抑或者，兩者皆非，實情是作家只為繼續寫作而活，筆中的角色也早已在脫稿前即開始有了自己的生命，而已與作者無關？妳要如何確認，這些作者的身分，乃至於筆下人物的角色，仍然與妳說的「我」有關？

張愛玲在《惘然記》序裡曾說到過，散文寫人還會保持一點距離，小說寫人的距離最短，甚至可以不顧隱私，但小說不是窺視別人，而是「**暫時或多或少的認同，**

像演員沉浸在一個角色裡，也成為自身的一次經驗。」作家是從角色中獲得經驗，而非作家賦予角色經驗，更強烈者，有如福樓拜曾說的「**我就是包法利夫人**」，或是韓波會說「**我是他者**」(Je “est” un autre / I “is” an other)。但一個作者的實際存在，問題卻可能不出自作家自我對角色的投射、性別轉渡或是活在他方，而是追根結柢，是作家對於角色在故事中未來命運的好奇與探詢，作家很有可能是跟著筆中人物一起沉浮、淪落或成長的。

過往，作家的全知觀點或是第一人稱「我」的視角，往往不脫「神之眼」的大敘述，或是近乎作家主觀的經驗陳述。前者角色只是在全景敞視中成為臨時演員，命運由走筆的作家定奪；後者角色即便是主人翁，也只是作家之我的附庸。在這兩種故事中，角色的生活幾乎不可能獨自展開，沒有意外，也不會有妳所說要去抵禦或捍衛的哪個流動，或是某個角色專屬於他的身分。

我記得，是有這麼一些創作者，有作家也有導演，曾放任書中或片中的角色自生自滅，一種，是角色自己接著說故事，上海導演婁燁在他的第一部獨立電影《蘇州河》中，就讓電影的主述者攝影師（婁燁自己配的音）說著馬達與美美的故事，後來故事演到中間段落，攝影師說道「**或許這個故事他們可以自己說下去**」，這等於了說故事的人放棄繼續敘說，而是讓馬達與美美的角色自己去推進故事的發展與轉折。另一種，是讓角色真正完整地屬於他自己，即便連創作者也得以安放自身。

創作者不僅尊敬他的人物，也跟著人物一同成長，但這裡的關鍵是，作家要知道，在何時意識到，必須把對於角色的詮釋權放下。就即便連好萊塢電影《口白人生》也會有的，作家專斷的橋段，作家總能主宰角色的一切，大到命到關頭的生死，小至下班後的生活去處，殊不知女作家筆下的男主人翁，在現實中確有其人，男主人翁有值得他流動的感受，和充滿機遇與生機的生命。

妳相當喜愛的編導查理·考夫曼，記得他那部電影《紐約浮世繪》中，作為劇場導演、創作者的主人翁最後放手給原本飾演清潔婦的女角來飾演導演自己，而自己晚年卻去擔任了清潔婦的角色，整個巨型劇場成為自行運作的機器，原作的導演只是委身其中，看著它無限蓬勃發展下去，同時也隨之衰老。故事中的主人翁幾乎沒了確切姓名，每個角色自己會有故事發展的變動，作者放任他們自己成立，而作者也身處這樣的成立之中。妳是否也曾意識到，妳筆下的主人翁，也曾離妳遠去，妳甚至還得委身處進他所創造的世界中？

明瀚，作為世故的讀者，我不再能把主人翁與作者劃上等號，甚至，隨故事展開，我可以辨識他們在哪裡分開——作者交出操偶繩線，舞台活出一種所有人都陌生的旺盛。

或許這麼看呢？作者無法阻攔其變化的，不是他的主人翁，而是作者讓人物們進駐的世界。作者所在的「現實」，物理、編年史、一切的隱約觸動、無從錨定的幻夢，它們飛掠地通過作者。物件、輪廓線、項目與項目間的流動，集合，被組裝成一個環境。作者對踏上旅程的「我」或「他」，或許想得很多，但對主人翁即將進入的世界，卻所知甚少。如同對於隸屬的現實，我們的知曉總是極小一部分，可現實仍自顧自以各種格式的框取，注入給我們不曾、或將永無意識到的意義。而這一切，將呈現在創作者據此所打造的新的世界的複雜和不定。

我想以一極端的例子來說明：Oulipo 文學潛能工坊（註一）成員之一法國作家喬治．培瑞克，他喜歡遊戲、實驗、文字謎，培瑞克的小說對他個人的收藏癖、對模式的研究愛好，的回應，遠多過對傳統定義的文學。培瑞克筆下的情節，其起點與終點早早被確立，如同遊戲之有個儼然的圖式。這樣的作家，他的主人翁，別說是誘引讀者代入、認同，他們甚至說不上是一趟旅途的嚮導，比較是在套疊迷宮中據以定位、遷徙的參考點。換句話說，培瑞克的特殊關注，令得他筆下的角色，成為非常單純、功能性的點狀存在。

這樣的主人翁，怎麼還會與作者分道揚鑣呢？他們的意志、欲望是那麼疏淡，畢竟、反正，世界自己會轉。作者的靈魂給了那個由線條、形狀、顏色、格網或迴圈所構成的世界。

培瑞克半自傳作品《W或童年回憶》雙股編織由影射集中營、充滿科幻感的W島故事，以及「我」的童年點滴，前者機械又冰冷得讓人想起卡夫卡〈流刑地〉，後者儘管以第一人稱敘述，卻極少感情或情緒，讓原本就可疑的情節，顯得更為詭異、令人不安。

就某個意義而言，我很難說那個「我」沒有相當地等於作者自己，因為那個「我」幾乎是空的、中性而低溫的，而沉迷地栽入設題與解題的培瑞克，由作品往回映射，確實在這些時刻，顯得非關人性。⋯⋯但就算主角近乎零度，作者就真的掌握了他嗎？

《W或童年回憶》是一個縱深型、而非橫搖打開的宇宙，主角雖然不太有作為一個核心人物通常會有的可稱之性格、驅力、歪斜的東西，但他在這故事的移動，仍是頭也不回地往遠方走。每走一落、燈就熄滅一盞。是那樣整個世界留在黑夜的毫無眷戀的深秋氣質。而這和挖掘、萃取著貫穿在諸種模樣與規則底某抽象真理圖式、滿載速度與激情的培瑞克，不可能是同一個人。

《謎樣場景》有個貫穿整本書的「我」，與其說他不可能是我，不如說我不可能是他。

我，這個我，或者在此與彼時被哪個滿載意象與意義的場景所滲透，由此完整或碎裂、關閉或超越，但那都不過是些或長或短的瞬間，就像前世或預言的蜃影。可《謎樣場景》中的「我」，他在那個世界的正中央、在一個世界的正中央，世界隨他的心意與牽動獲得形狀，回返地勾勒他的每個細部，塑造出屬於他的實體感。

對我來說，那些讓我住進去的小說，主角從來再也無所謂名姓，他們不都已經是他們的「我」了嗎?從暫且、假託的勒令點，慢慢為故事澆鑄靈魂，終於頂天立地。繞過了名字，卻其實才回到名字的初衷，不是嗎?

作者無法阻攔其變化的，
不是他的主人翁，
而是作者讓人物們進駐的世界，

三、在詩和散文之間

以曦，談到這種關於故事中的主人翁有著他自己的生命和思維，從而獨自發起了故事的動能，直至終局，而連作者也無法驅策故事走向的此般情事，讓我想到了托瑪斯．曼為他的小說《魂斷威尼斯》所下的註腳，在他寫給友人的信中寫道：「**希望這篇小說被理解為將世上最美的情詩譯為散文，那首詩的最後一節如此開始：『思想那最深刻者，愛那最生意盎然之物。』**」一部小說中最生意盎然的，不就是角色的自行生長而臻於成熟嗎？最深刻的，不就是角色思慮出作家聞所未聞的洞見嗎？即便故事末尾，男主角通過了感官的路途臻至於美，但卻也身陷於老城的頹廢，如果一部小說能發展至此，也仍可謂是作家之福，也就是在這個意義上，小說從格律完整的詩，變作了深情的散文。

在詩和散文的距離之間，並非無端地跳躍可以達成，它是觸及了某種核心，接連了兩端，如果說詩，無論古體或新體，都是作者有意為之去斷行、去奠定格律的一種文類，而散文，則是一氣呵成、實事求是的抒發感受，那麼無論前者或後者，其實都不盡然可以觸及那筆鋒一轉的時刻，或是意識的跳升。在文學史中，其實還有一類，既可避開詩在語句形式上的專斷獨行，也可避開散文在篇幅內容上的不可收拾，也就是歷史並不長的「**散文詩**」，而妳的小說，在我看來就是此類。

最早的散文詩，是出現在法國一八四二年由貝特朗所寫的《夜之加斯巴》中，這種不斷行卻又充滿詩意表述的抒情文體，後來在波特萊爾一八六九年那別名為「**小散文詩**」（Petit poèmes en prose）的《巴黎的憂鬱》中發揚光大，極深的憂鬱，成為後來作家們寫作散文詩共通的情感，接續波特萊爾早期象徵主義風格的韓波，寫出了散文詩集《地獄三季》，形塑出某種世紀末「**感官的全面錯亂**」，讓**聯覺**（synesthesia）的重層感性壓過了單一邏輯的理性，而接續這種象徵主義的，當然還有佩索亞在葡萄牙創的《奧菲》雜誌（註二），以及他《惶然錄》中那種無處不在的煩悶。這種煩悶和憂鬱，也在華文書寫中的散文詩得見，如魯迅《野草》中那影子將向黑暗徬徨於無地的告別，還有商禽《夢或者黎明》中遙遠睡眠守著夜的樹，即便少見，但卻仍讓人印象深刻。

詩會分段，於是幻想可以兀自存在，有安全距離。而散文則太過於現實，會把人牢牢抓進一個現實算計之中。散文詩，是在秩序中能有突梯或闢路的天外飛來一筆，讓每個字都有肉身的同時，也已然變形、質變為可以接受或值得用心領會的狀態，然而這樣的去愛、去思想，卻總是處進廣袤無垠的深藍與闃黑。記得在妳的新書文案中，曾這樣寫道：「**梭巡於一個與下個場景，染上的氣息與膚觸，像兀自長成生命的豪華，又更像憂鬱本身**。」為何是這樣的散文詩，在前往那托瑪斯·曼筆中那最生意盎然的、那最深刻的路上，總跟憂鬱有關？為何故事中人物自行成立的生命，總最終會陷落？妳的散文詩也總是這樣的嗎？

明瀚，我在想，不知是否因長年從事電影評論的緣故，那個由場景與氣氛作為基本單元的世界的樣子，影響了我對事物的認知。

當文學有一落準確的字句，錨定著，由此透出其所可能收進與指向的事物，關於文學的記得，常隨著歲月遞移、迴盪在心上的句段會越來越立體，像是裡頭有個獨一無二、不可能混淆的蕊芯：某個概念、某個情感、某個心意，終究它會顯出一個真理樣態。

可電影呢，反覆重看，用力記掛，影像仍總是蕩著，幻變著色溫、濃淡、明滅，對電影的寄託，總只能收在一團霧氣，那麼恍惚。

我仍相信敘事線的平直、前與後的推進，相信地平線上下的不著地的空間，那裡有個獨立的時間在生成，心靈的運作被耙梳著。然而，許多時候，單純是散文的順隨，那個寬容的對各種可能性的允諾，或者，單純是詩的從意念到格式的幽閉，之於我所感覺到的、必須獲得模樣的什麼，總是多或少了一點、太過去又太過來一點。我因此想抓住那某個、比邊線高一些的懸浮的霧。而與其說那才更「對」，不如說那以其不那麼點對點的絞纏，抑制了語言，讓出一個不必負擔指出與抵達，的空白。

可也因為這個流動的性格，散文詩似乎仍要搭配著邊界感更為確立的文體才能發揮作用：一個已成立的角色的迷惘，一落情節中的縫隙，一個激昂或哀傷底不被收編的呼吸……。

關於散文詩的追求，可互為參考的另一種作法是在行段間近乎暴力地插入詩，比如韋勒貝克常做的，在尖銳、洗鍊的鋪陳間，人物以一個念頭切換、或切換不過來，他遂被詩的衝動所填滿。這樣毫無過渡的突兀，也會被擠壓出一個霧的空白。

也從這裡，回應你提到的憂鬱。在我眼中，憂鬱遠遠不是一種情緒，而是一種，像是花在綻放或凋萎前一刻的狀態：飽滿的、凝聚的，高速累積、轉化、卻因為各路騷動相互抵住了。此刻，無法動靜。是那樣透露著不安的懸止。

而散文詩的韻律、頻率，與其說是為了如實表述這裡頭的景觀，不如說，是進駐一個不造成驚動的合適位置。在詩與現實（包括虛構作品中的現實）的臨界，微調地整理出一個「**單一世界**」，喚醒那些惰性、沉睡的，鎮靜那些亢進、耽溺的。

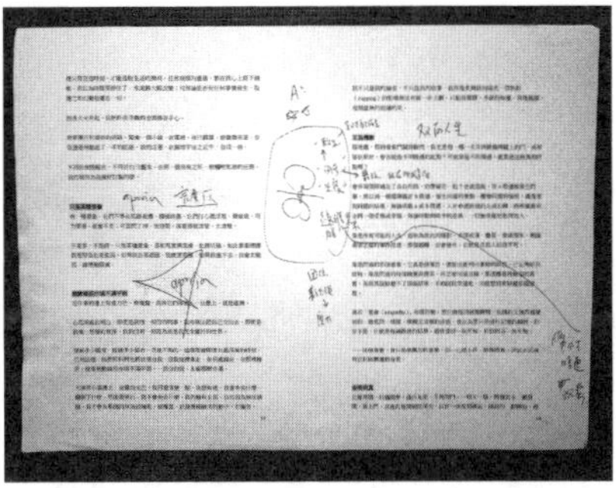

徐明瀚編輯黃以曦作品《謎樣場景》的校稿註記。

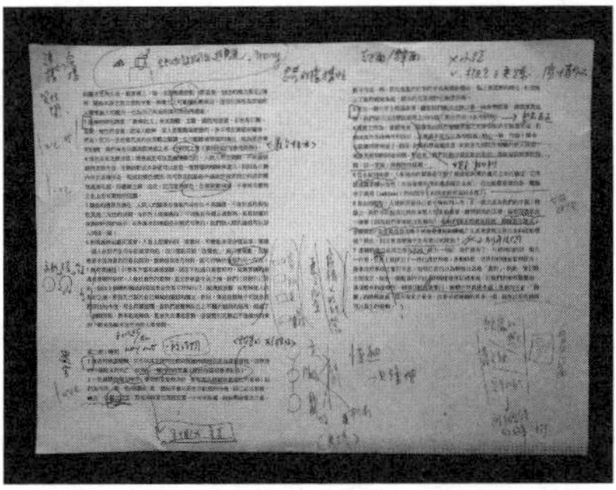

圖片提供／徐明瀚

徐明瀚與黃以曦討論如何設定《謎樣場景》書籍定位的筆記

四、虛設與實構的絞纏

以曦，我們在生命中，的確多次面對到了與現實的臨界點，它不似瀕臨崩潰邊緣那樣，而是某種憂鬱的狀態與局面，臨界，往往似乎有著很明確的邊界線，有臨在的此處，也有搆不著的彼端。身為電影評論人，此處是戲院座席，彼端則是兩相失卻的戲中人生與戲院外的人生，既走不進銀幕，卻也離不開戲院而好好去擁抱柏拉圖洞穴外的真實人生，而妳在影評人身分後作為作家，則更是兩難，故事漫漶於雙重銘刻的失落，一方面所有的戲劇場景都是二手甚至是三手的，從原著故事到電影故事再到妳寫的故事，另方面生活乃至於正常朝九晚五職業之失落，使得某種生活歷練的經驗指數也降到低點，那麼虛構勢然必行，但也困難重重。

圍困著創作者心靈的，恐怕不是班雅明或未經驗過大風大雨大災大難的小說家們所說的那種「經驗匱乏」之困局，亦非自傳性作者或私小說家所謂的貪食蛇「吃不到故事」而最終只能繞著自己打轉，將自身窮盡。

這兩種圍困只說明了似乎臨界之外邊仍有經驗，就在那裡，只是搆不著而已，於是限於某種哀悼。創作者虛構心靈受到圍困，不在於線內或線外的分野，更多地是在於那一整塊能讓界碑邊線也消失的泥淖，廣袤無窮的現實襲來，裡面卻毫無經驗含量與質地，無從讓創作者錨定、探索，陷於無法使作品得以徹底的憂鬱，而庸常的事物仍步步進逼，絞纏著得以虛構的範圍。

虛構與現實已非一線之隔的無法跨越，而是如何繼續活在經驗與虛構之間的臨界上，持續維持經驗可以被虛構的潛質，並且持續讓虛構處於得以觸及真實的危境。日常的現實逐一沖淡我們對虛構的渴望，於是，思考關於如何生產出能從經驗世界攫獲超驗的內在性作品，已難；要在所有作品的同一層面上維繫出這層於生活屋室或現實感知世界的不安，更是難上加難。我最欣賞佩索亞的是，他總能夠在庸碌的生活（如困在工作中或家庭）中，構建出同一位置，以得以躍升乃至於超凡與的感受性。

那是一如柏格森的「**時延**」（註三）之正在擴張，或拉岡的「**真實**」（註四）被不斷欲求時，一種持續在任一時空中沛然展開的場景。但並不是阿比查邦電影《極樂森林》裡男孩和女孩仍然有森林可以前往，或是婁燁電影《春風沉醉的夜晚》的二男一女可以離開南京去到外地，諸如此般的「超展開」場景，我們往往總早已處在固定的處所，關鍵似乎並非是離開，而是在某種「超展開」已不可能的現狀下，我們如何鬆動自身，甚或是為自身尋求記憶與感知的闢路？

同樣是查理．考夫曼的劇本，電影《王牌冤家》中，由於有限的記憶不斷地被「忘情診所」逐一刪除和收緊，剩下來的會是最真的最捨不得的記憶，但是主人翁便透過不斷變造或扭曲的虛構，唯有如此，真實的感觸才能繼續下去。或是電影《安諾瑪麗莎》中那一種「**不正常**」(abnormal) 的情境，讓角色可以矢命追求那在他耳中唯一認定好的聲音，以及從這聲紋產生的獨特情感，而且，這似乎是只有在某種創作格式（如本部片的泥偶動畫）中才能逼顯的，妳創作中關於這類「愈絞愈緊」的現實，是否也曾追求過這種困於某種軀殼但仍然得以翻底覆裡地從中翻越而超脫的時刻？

真正臨界的審美生存與時延美學，應該是沒有刻度的，它是像法語 bonne soirée 那樣，是一夜之中不間斷而衍異且延展開來的美好，但，這又如何在無邊的現實之內，可能得由創作最起碼地來做到？

明瀚，我們討論關於名字、體例以及真實和虛構的問題，它們或都有更合乎一般經驗的談法，那種人們可以套進日常的更為實用，甚至更為合理合情的論述的追究……，可我們因為所從事的工作、因為有與無意識間太入戲的迷失，的確漸漸陷進一個實與虛的界線模糊的處境……。

在押井守的《攻殼機動隊》，提出了兩種存在懸問，一是少校草薙素子，另一則是傀儡師（ghost-master）程式。

草薙素子除整個身體是人造生化義體，心智運作也由大公司所生產的電子腦啟動，對她來說，那個真實的自我是飄渺的，她似乎可以思考、感受，但由於她從被創造出來就一直是個「工具人」，公司加諸給她任務，由此配備和衍生的「功能」組裝出她的生活與人生。儘管合約載明義體人可以辭職，但離職後公司基於商業機密，將抹消在職一切記憶，收回義體。如此一來，如果說只為了該個工作而活的自己，「自我」成分太稀薄，那麼，從工作切割開來的「我」又剩下什麼呢？而又以及，當電子配件可以生產ghost、潛藏著ghost，那我們相信自己存在的基礎，又是什麼呢？

傀儡師，則是個程式，依主事者需求進入不同的裝置或身體，去挾持那裡的

ghost，像駭客，從中監視、竊取、植入病毒、變造被駭對象的內容。但當進出那麼多自成一格的世界，不同對象的內涵殘留、融合、發酵，傀儡師那層層疊疊的網絡裡，竟無中生有地誕生了某單一、固著的意識，即是傀儡師口口聲聲的「我」。是呀，想想真是合理的，既然寫定上傳的資料將永遠存在，而我們說的生物亦是由載有資訊的段落互換重組地寫定了「我」，則傀儡師當然也可以獲得屬於他的「我」。

回頭看，大把歲月浸進虛構作品，這樣的我們，面臨的是素子還是傀儡師的處境呢？又或者兩者皆是，以致於從這樣位置，欲追尋「我」的定義，事情無法不變得更曖昧歧義呢？

刪去了關於電影與小說情節和一切氣息的記憶，像你我這樣的人，還剩下多少？再刪去從這些作品累積而來的知性與感性的觸角、為大銀幕、小螢幕、書頁的感動所侵蝕的對現實的辨識、感受、甚至記憶，我們真能不消失嗎？

可是，虛構事物不該是可回退歸零的嗎？人在現實中的際遇命運或有各種解釋，但虛構的作品，既是不曾存在的東西，抹去地使不進駐，不也合理嗎？

當生命的累積，比起血與肉的歷經，更多是場景、台詞、音樂、流麗的句段、籠罩著角色的沉默……，它們越過時空和文本，交互作用，劈啪電流，點燃**靈光**（epiphany），定義我們唯一願意承認的「我」的ghost，這樣的我們，是否將如傀儡師無限地梭行、穿入每個身體、走到更深的地方、卻又捨得地擱下、揚長離開？

到底，儘管希望擁有一個形式即內容的低限生活，當被困在現實之中時，我仍不得不就是在現實之中。為了減少錯亂與痛苦，如果方才的道理說得通，我要將事情倒反過來：日常，我入戲於這個角色，一個綿延、尚未揭露意圖的劇本。

然後，在那些為閱讀與寫作、為虛構世界所擄獲的時刻，我以那個懸浮卻正在虛空中纏繞得更完整的「我」，去創造些什麼。也許是一本書。翻動著、撫觸著，有些粗糙，鄉愁的物質的氣味。假與真，虛設與實構，重新接上。又或者只是，我終於找到了那個運作的軌道。

（發表於《印刻文學生活誌》一六七期，二〇一七年七月）

註釋

註一——Oulipo 文學潛能工坊：全名 Ouvroir de littérature potentielle，或稱「烏力波」，由一群作家、數學家、大學教授與心理分析師自發創立的文學實驗團體（非派別）。成員們以近於數學程式的套用法，進行各種文字實驗，探索文學創作「規則」，常超乎讀者想像。一九六〇年提倡於法國，成員至今活躍於世界文壇。知名的成員有卡爾維諾、培瑞克、雷蒙·格諾……等，直接或間接受其影響者，包括納博可夫、波赫士、略薩、品瓊、艾可……等。

註二——《奧菲》(*Orpheu*) 雜誌：一九一五年三月於里斯本刊印第一期，同年七月，發行第二期即告終結。據說在書店中十分暢銷，同時也招致來自「批評界」的巨大怒氣與壓力。

註三——柏格森 (Henri Bergson) 的「時延」(durée / duration)：或稱「綿延」。柏格森認為時間並非秒、分刻度這種斷裂的、空間式的量度單位。真正的時間不能量度，人能自覺一種連續性，而「直覺」就存在於這種主觀的、意識上的連續性中。因此是一種意識狀態，是自我意識的本質與深層結構。譬如過去的記憶受到某種物象觸動而被召喚時，與當下的感受、未來的幻想交織在一起，使生命和時間獲得了「綿延」，人的心靈因此反照出一個無限連續、變遷（即無法靜態、片面地凍結事物的時間進行分析）且恆存的宇宙。他以此定義生命，將「存在」這個最抽象的基本哲學概念，落實到活生生的「人」的所感、所思，並指出主體（人）的自由。

註四——拉岡 (Jacque Lacan) 的「真實」(réel / real)：拉岡對於「真實」的詮釋、引用，數十年間經歷了許多轉變與延伸。在一九三〇年代，「真實」最初僅對立於影像，定位於超越表象的存有範疇。到一九五三年，他才將之提升為心理分析理論的基本範疇（三種秩序：想像、象徵、真實）的地位。它出現在語言之外，且不可被象徵所吸收。此論題後來遍及拉岡作品，他並且真實和「不可能性」連結——真實不可能去想像、整合於象徵秩序中，不可能以任何方式獲得。另方面，真實也具有物質的內涵，意味著在想像和象徵之下的質料基礎。後來在其作品中，拉岡運用真實的概念闡釋大量臨床現象，如焦慮（anxiety）和創傷（truma）、幻覺（hallucinations）、外在的／內在的、不可知／理性……等。

註五——克分子（gram molecule）：物質質量單位。以「克」計算化合物或元素的分子量。也稱為「莫耳」（mol）。

譯名對照

巴赫汀 Mikhail Bakhtin（俄國評論家）
羅蘭．巴特 Roland Barthes（法國符號學家、評論家）
安伯托．艾可 Umberto Eco（義大利小說家、評論家）
福樓拜 Gustave Flaubert（法國小說家）
韓波 Arthur Rimbaud（法國詩人）
貝特朗 Aloysius Bertrand（法國詩人）
韋勒貝克 Michel Houellebecq（法國作家）

延伸閱讀

費爾南多．佩索亞（Fernando Pessoa），《不安之書》（《惶然錄》），劉勇軍譯，台北：野人，二〇一九年。

喬治．培瑞克（Georges Perec），《W或童年回憶》，許綺玲譯，台北：聯合文學，二〇一一年。

托瑪斯．曼，《魂斷威尼斯》，姬健梅譯，台北：漫步文化，二〇一七年。

波特萊爾《巴黎的憂鬱》，胡小躍譯，台北：方舟文化，二〇一九年。

商禽，《夢或者黎明》，台北：書林，一九八八。

魯迅，《野草》，台北：風雲時代，二〇一八年。

婁燁，《蘇州河》，二〇〇〇年。

——，《春風沉醉的夜晚》，二〇〇九年。

阿比查邦（Apichatpong Weerasethakul）導演，《極樂森林》，二〇〇二年。

馬克・福斯特（Marc Forster）導演，《口白人生》，二〇〇六年。

米歇・龔德里（Michel Gondry）導演，查理・考夫曼（Charlie Kaufman）編劇，《王牌冤家》，二〇〇四年。

查理・考夫曼導演，《紐約浮世繪》，二〇〇八年。

查理・考夫曼、杜克・強森（Duke Johnson）導演，《安諾瑪麗莎》，二〇一五年。

押井守導演，《攻殼機動隊》，一九九五年。

我認得你

徐明瀚

作家，總是起於偽裝成什麼的獨白。獨自一人，在故事來時的大霧裡呵著氣，在無垠的地表上，有時，透亮的聚光偶然偏至，被其他的生命、其他的讀者見聞到他的存在。有時，有幸地，讀者與作家躍然同一平面，相互對話、甚至是對質，像是兩片落葉偶然地對偶，落在了一起，一起體解、遍歷彼此共有時空的霧氣，或說克分子（註五）細節。

璀璨成詩的篇章，形諸自對話的意願，乃至於對寫的意向，於是往來的痕跡以文字留在了這裡，成爲一段時空的見證：不僅是口語地說：「**我認得你**」，而是在更深邃的書面體中，認出彼此來。每一次，都該是，且已是，久別重逢。

我們雖分頭神遊大地，周遊於世界的文學與電影名作，但回到文字上，我總是還能很快認出他來，理解他的理解，見識他的見識，然後再次迎接住這踽踽獨行之人的回歸與到來，我總是珍惜著每次這樣的陌生，與一見如故。

徐明瀚

藝術與電影評論人。輔仁大學哲學系、交通大學社會與文化研究所畢業，現為台北藝術大學美術學院博士候選人，曾任八旗文化編輯、一人出版社特約編輯、《Fa電影欣賞》執行主編、《國影本事》主編，編有多本中國觀察、文學、電影與藝術書籍，其中包括黃以曦《離席：為什麼看電影？》與《謎樣場景：自我戲劇的迷宮》兩本書。近年來於輔仁大學大眾傳播學程、北藝大美術學系與人文藝術寫作中心擔任兼任講師。研究領域長期座落在當代歐陸哲學、東亞美學現代性與華語獨立影片藝術之間，陸續擔任《art plus》書評欄、《週刊編集》電影欄、《字母Letter》專欄作家，主持有「綠洲藝影」個人網站。

攝影／方敘潔

黃以曦

作家，影評人。著有《謎樣場景：自我戲劇的迷宮》、《離席：為什麼看電影》。